A Timothy y a la
Unidad de Maternidad del
Hospital North Hampshire.
—*J.S.*

A Emily Anna
—*J.C.*

Originally published in English under the title DORA'S EGGS
Text © 1997 Julie Sykes
Illustrations © 1997 Jane Chapman

Julie Sykes and Jane Chapman have asserted their rights to be identified as the author and illustrator of this
work under the Copyright, Designs and Patents Act, 1988.

1-880507-39-0

Printed in the U.S.A.

10 9 8 7 6 5 4 3 2 1

Sykes, Julie.
    [Dora's eggs. Spanish]
    Los huevos de Dora/Julie Sykes; ilustrado por Jane Chapman;
traducido por Alejandra López Varela.
    p. cm
    Summary: As she goes around seeing the babies of the other farmyard animals,
Dora becomes less and less proud of her first eggs—until they hatch into cute chicks.
    ISBN 1-880507-39-0 (alk. paper)
    [1. Chickens–Fiction. 2. Animals–Infancy–Fiction. 3. Spanish language materials.]
    I. Chapman, Jane. 1970–ill. II. López Varela, Alejandra. III. Title.
    [PZ74.3.S94 1988]
    [E]–dc21   97-32329
                                                                CIP
                                                                AC

LOS HUEVOS DE DORA

Por **Julie Sykes**

Ilustraciones de **Jane Chapman**

Traducción de **Alejandra López Varela**

LECTORUM
PUBLICATIONS, INC.
111 EIGHTH AVE., NEW YORK, NY 10011-5201

Dora estaba sentada en su nido.
Acababa de poner unos hermosos huevos
de color marrón, suaves y brillantes.

—Son mis primeros huevos
—cloqueó Dora orgullosa—.
Llamaré a todos mis amigos
para que vengan a verlos.

Dora salió del gallinero y se dirigió
a la granja.

— ¿A quién visitaré primero? —se preguntó—.
¡Ya sé! ¡Iré en busca de Doffy, la Pata!

Saltó la cerca, atravesó la pradera y llegó al estanque.

—Hola, Doffy —exclamó Dora—. ¿Te gustaría venir a ver mis huevos?

—Ahora no puedo —graznó Doffy—. Estoy enseñando a nadar a mis patitos.

Dora se quedó mirando cómo los patitos chapoteaban y aprendían a mover las alas. "Mis huevos son bonitos —pensó desilusionada—, pero estos patitos, cubiertos de plumas, son mucho más bonitos".

Luego, pensativa, se encaminó a visitar a
Penny, la Cerdita.

—Hola, Penny —cloqueó—. ¿Te gustaría venir
a ver mis huevos?

Pero Penny ni siquiera la escuchó. Estaba muy
entretenida jugando con sus revoltosos cerditos.

—Mis huevos son bonitos —dijo
Dora suspirando—. Pero estos revoltosos
cerditos son mucho más bonitos.

Suspiró una vez más y comenzó a subir por la colina para ir a buscar a Sally, la Oveja.

—¿Te gustaría venir a ver mis huevos? —le preguntó.

—Hoy no puedo —baló Sally—. Estoy muy ocupada vigilando mis corderitos.

Dora vio los corderitos retozar
en la pradera.
Se sintió un poco triste.
"Mis huevos son bonitos
—pensó—, pero estos corderitos
juguetones son mucho más bonitos".

Muy apenada, Dora decidió volver a la granja.
Por el camino, se encontró con Daisy, la Perrita.

—Hola, Daisy —cloqueó Dora—. ¿Te gustaría venir
a ver mis huevos?

—Lo siento, Dora —ladró Daisy, moviendo la cola—.
Ahora no puedo. Estoy paseando a mis cachorritos.

Dora estaba realmente triste.
"Mis huevos son bonitos
—pensó—, pero estos
cachorritos son mucho
más bonitos".

Ya en la granja, Dora pasó por el establo. Pensó que tal vez Clarissa, la Vaca, podría darle ánimos.

—¿Te gustaría venir a ver mis huevos? —le preguntó.

—Shhh... —mugió suavemente Clarissa, señalando hacia el montón de paja.

Acurrucado a sus pies dormía un ternero recién nacido.

A Dora le entraron ganas de llorar.

—Mis huevos son bonitos —susurró—, pero ese ternerito ahí acurrucado es mucho más bonito.

Dora cruzó el corral y volvió al gallinero.

Sus huevos estaban exactamente como los había dejado, marrones, suaves y brillantes.

—Mis huevos son bonitos —suspiró Dora, hinchando las plumas—, pero las crías de las otras son mucho más bonitas.

Muy triste, Dora se
sentó en su nido...

¡CRAC!

Dora, asustada, dio un brinco.

—¡Oh, no! —gimió Dora—. ¡Los he roto! Las lágrimas corrían por su cara, salpicaban el nido y caían sobre los huevos. Con cada lágrima que caía, las grietas se hacían más y más anchas. Hasta que de repente...

...apareció una cabecita con
plumas, y luego otra, y luego otra...

Pronto, el nido se llenó de diminutos pollitos.

—Pío, pío —chillaban los pollitos—. Pío, pío.

Dora dejó de llorar y los miró emocionada.

Ya no le preocupaba que los huevos se hubieran roto.

¡Aquellos pollitos eran lo que Dora siempre había deseado!

Y muy orgullosa se paseó por la granja seguida de sus pollitos.

Todos los animales se paraban a verla pasar.

—¡Caramba, Dora! —graznó Doffy—. ¡Tienen tantas plumas como mis patitos!

—¡Y son tan revoltosos como mis cerditos! —gruñó Penny.

—¡Y son tan juguetones como mis corderitos! —baló Sally.

—¡Y los puedes llevar de paseo, como yo a mis perritos! —ladró Daisy.

—Pero lo mejor de todo… —mugió Clarissa—, …es que se pueden acurrucar junto a ti, igual que mi ternero se acurruca junto a mí.

—¡Es verdad! —cloqueó Dora, feliz—. ¡Mis huevos eran muy bonitos, pero mis polluelos son mucho, mucho más bonitos!

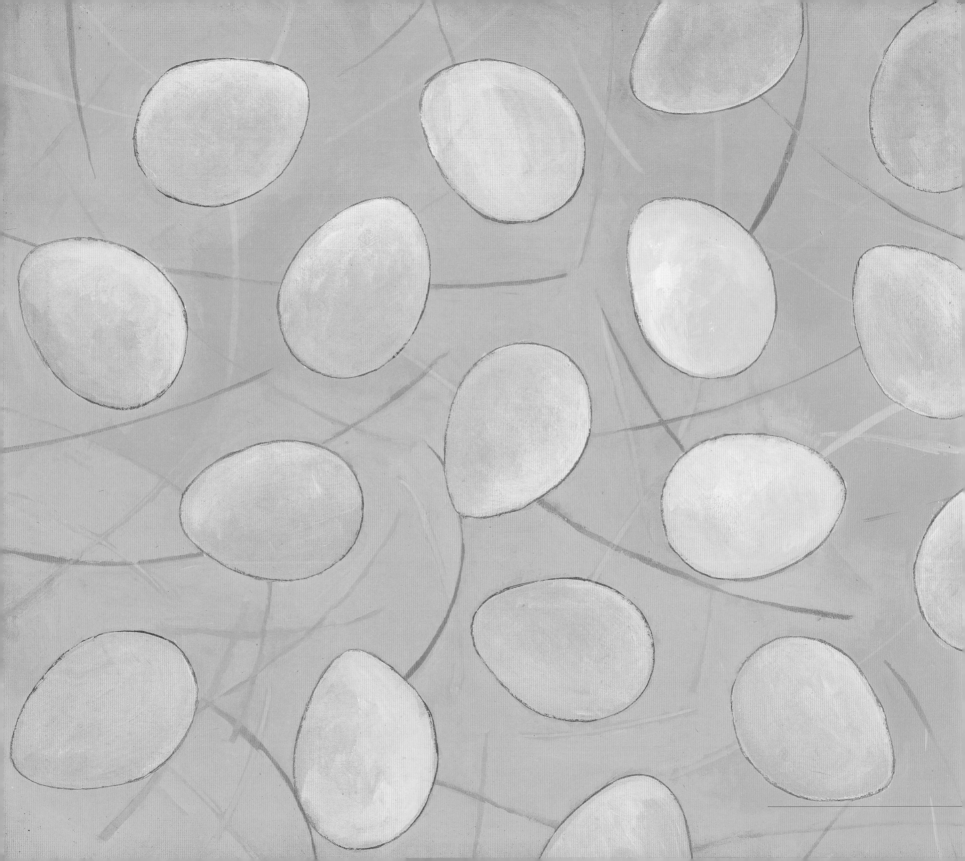